清·無名氏

審音鑒古録

中國書店

據中國書店藏清道光十四年東鄉王繼善刻本影印原書版框高二十四點三厘米寬十五點二厘米

審音鑑古錄

傳奇雖小道别賢奸明治
亂善則福惡則禍天道昭
彰驗諸俄頃無知愚賢不
肖皆足勸焉觀感之心其
為勸懲感發者良深未始

非輔翼名教之一端也元
明以來作者無慮千百家
近世好事者多擷其華者
玩花主人訂以譜者懷庭
居士而笠翁又有授曲教

今之書皆可謂梨園之圭臬矣但玩花錄劇而遺譜怡庭譜曲而廢白笠翁又泛論而無詞萃三長于一編庶永氍毹之上無慮周郎之顧矣東鄉王子繼善偶于京師得審音鑑古錄一編選劇六十六折細定評註曲分抑揚頓挫白則緩急高低容則周旋進退莫不曲折

傳神展卷畢現玉記拍正宮辨譌謬較銖黍而非芒杪之譚大具苦心識度有三長而為不易之指南可也繼善念其尊人瓊圃翁生平音律最深每嘆時優率易紕謬思欲定一譜兼訓聲容著為準則惜未成而逝阮獲此本喜其乃翁素志相侔也爰輾轉購得原板攜歸

江南銷事補儺汲公同好第
是編誰所評輯一時無稽總
答不肯攘人之功特為予序
所自得并所以購之之故嗟隱
善之克勵其釈者固不獨此

絃即此亦可見為能承先志
其輔習名義又尝勤人觀
成之區區一編已哉道光十四年
三月上澣琴隱翁序

審音鑑古錄總目

琵琶記

琵琶記

琵琶記

琵琶記

荊釵記

荊釵記

紅梨記

稱慶

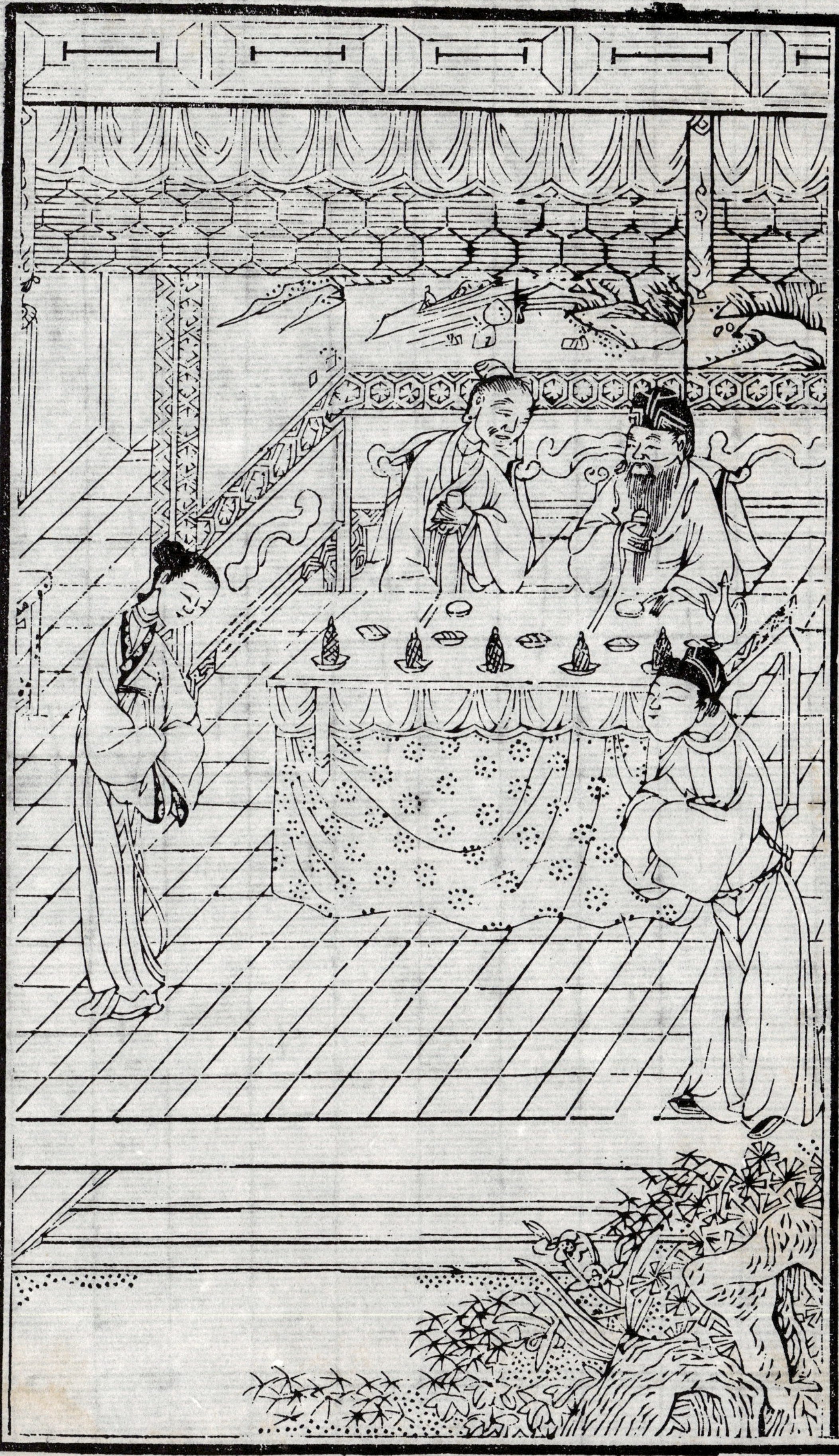

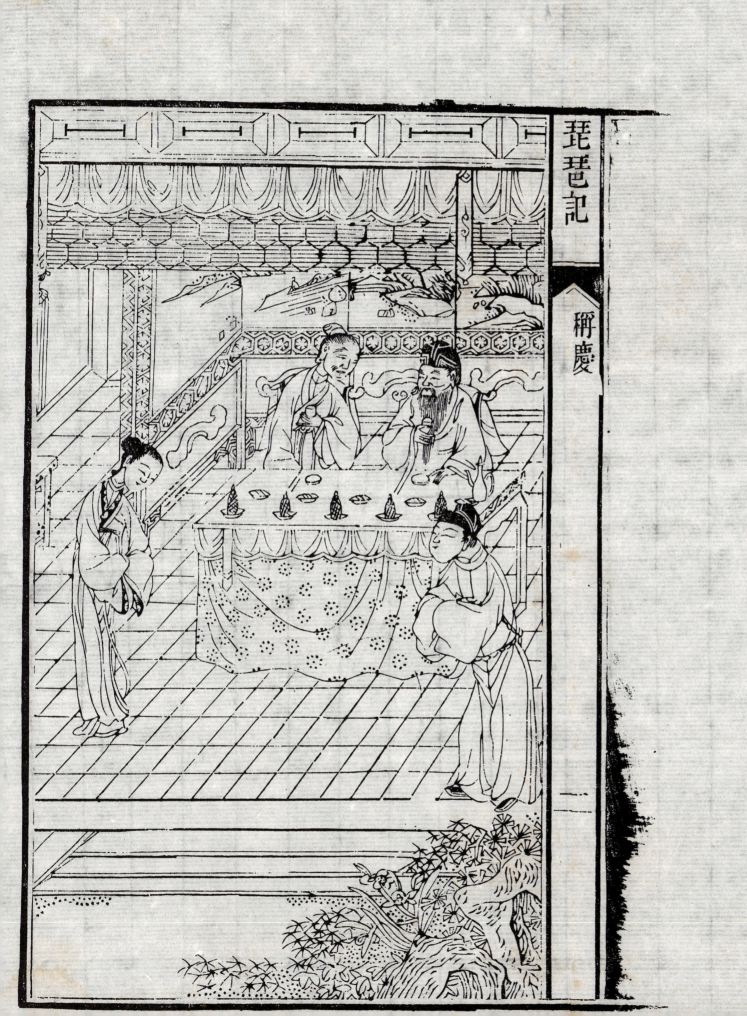

琵琶記　稱慶　二

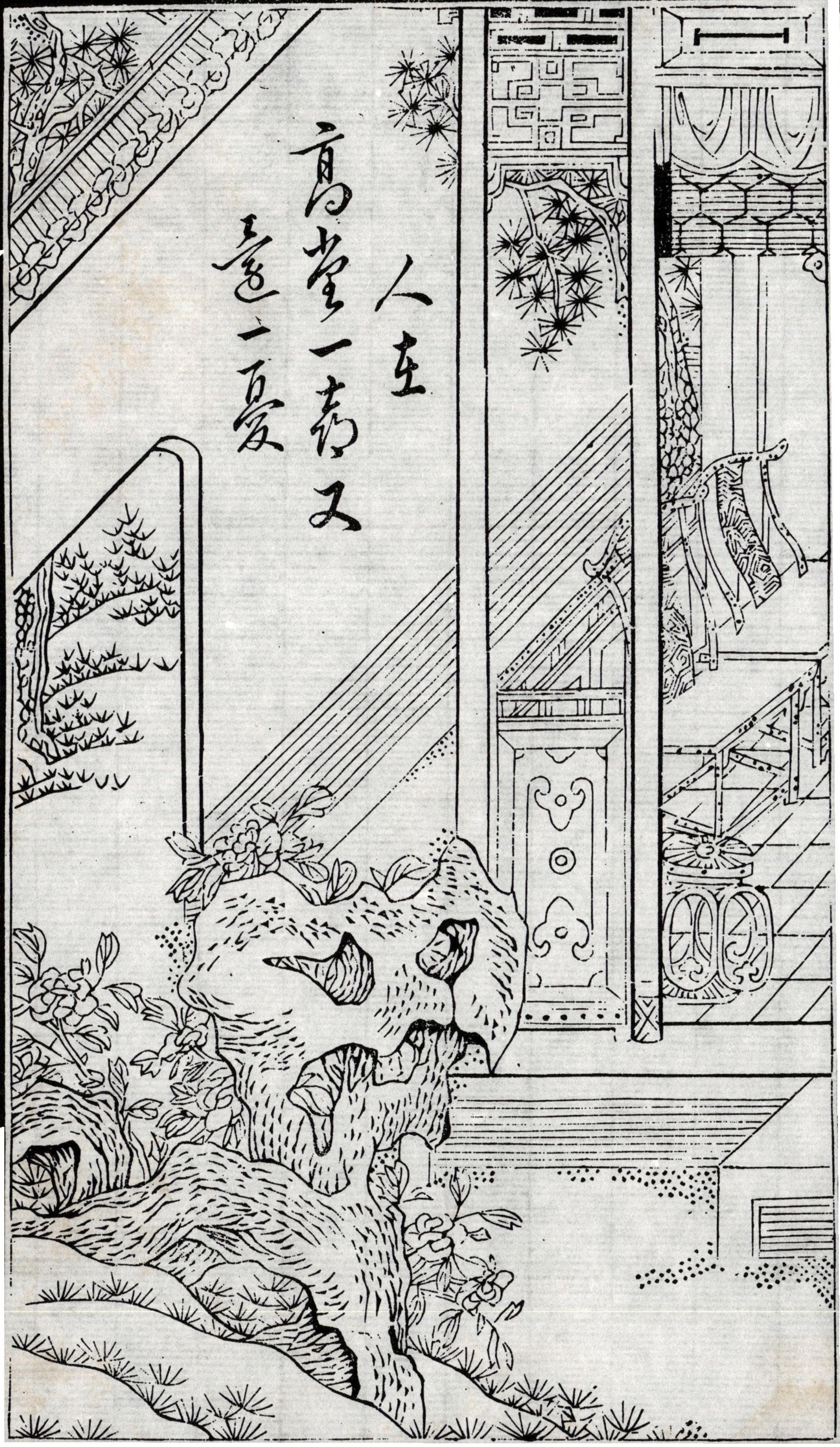

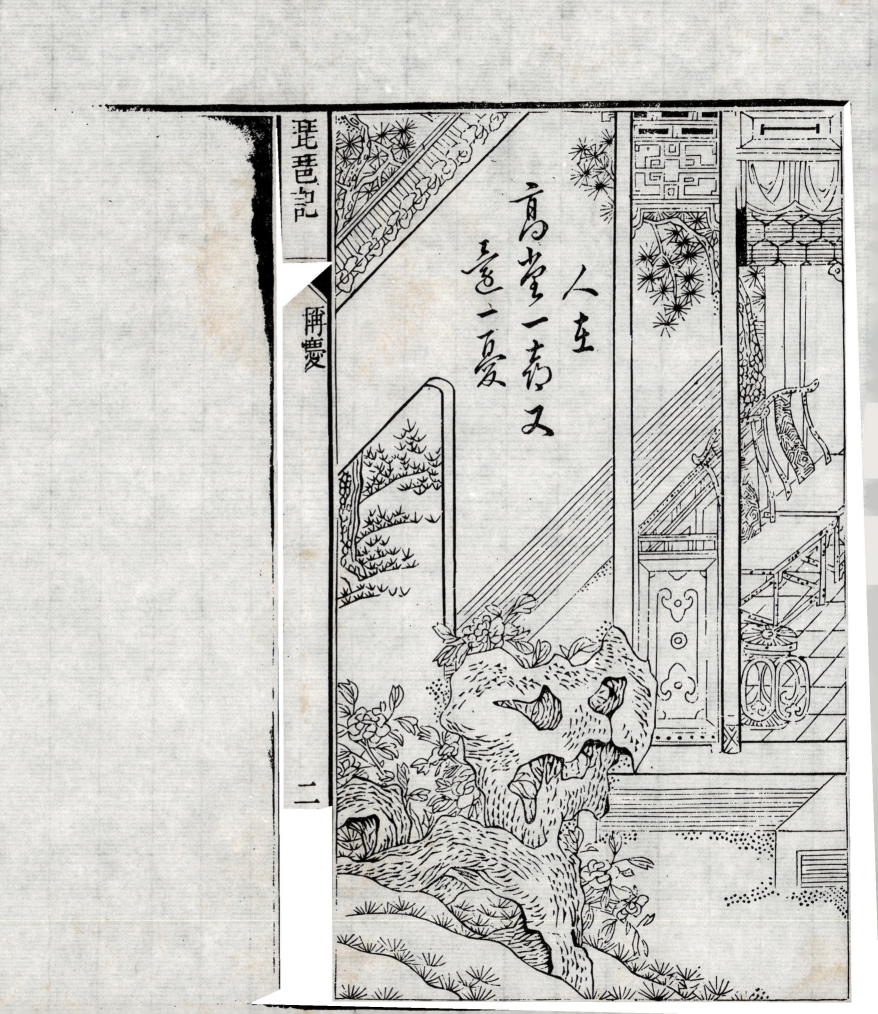

稱慶（生上唱）

（正宮引子）瑞鶴僊　十載親燈火、論高才絕學、休誇班馬。風雲太平日、正驊騮欲騁、魚龍將化。沉吟一和、怎離却雙親膝下。且盡心甘旨。功名富貴、付之天也。（鷓鴣天）宋玉多才未足稱、子雲識字浪傳名。奎光已透三千丈、風力行看九萬程。○經世手、濟時英、玉堂金馬豈難登。要將萊綵歡親意、且戴儒冠盡子情。○卑人蔡邕、字伯喈。沉酣六籍、貫串百家、自禮樂名物、以及詩賦詞章、皆能窮其妙。由陰陽星歷、以至聲音書數、靡不得其精。抱經濟之奇才、當文明之盛世。幼而學、壯而行、雖望青雲之萬里。入則孝、出則弟、怎離白髮之雙親、到不如盡菽水之歡。甘虀鹽之分。正是、行孝于已、責報于天（俗作聽命非）。自家新娶妻房、纔方兩月、却是陳留郡人趙氏五娘、儀容俊雅、也休誇桃李之姿。德性幽閒、儘可寄蘋蘩之託。正是、夫妻和順、父母康寧。詩中有云、爲此春酒、以介眉壽。且喜雙親既壽而康、對此春光、就在花下酌杯酒、與雙親稱壽、多少是好。昨日分付娘子、安排筵席、想已完備、爹媽有請。（外上）

（雙調引子）寶鼎現　小門深巷、春到芳草、人閒清晝。（副上）人老去星星非故、春又來年年依舊。（外副作見科）（旦扮趙氏上）最喜今朝春酒熟、滿目花開如繡。（生旦見外副禮對面夫婦亦行禮介）（合唱）願歲歲年年、人在花下、常斟春酒。（外副分坐）（外）老夫蔡從簡、媽媽秦氏、媳婦趙氏五娘、隣比張廣才、乃吾契友也、孩兒請我兩箇出來何幹、(生跪科)(應跪下去)告爹媽知道(外副)起來說(生)人生百歲光陰有幾、幸喜爹媽年滿八旬、孩兒一則以喜、(低聲)一則以懼、當此春光佳景、聊具蔬酒一杯、與爹媽稱慶(外)生受你(副笑云)阿老賢兒媳有得喫(外立起云)阿婆這是子孝雙親樂(副)家和萬事成(外)我兒把盞(副並云)媳婦把盞(唱合)(通作親)

(仙呂集曲)錦堂月(畫錦堂首至五)簾幙風柔、庭幃晝永、朝來峭寒輕透(生)人在高堂、一喜又還一憂(月上海棠四至末句)(唱合)惟願取百歲椿萱、長似他三春花柳(合)酌春酒、看取花下高歌、共祝眉壽

(旦)前腔(換頭)(畫錦堂首至六)輻輳獲配鸞儔、深慚燕爾、持杯自覺嬌羞(副)自家骨肉、怕什麼羞(旦)怕難主蘋蘩、不堪侍奉箕箒(月上海棠四至末句)(外副)惟願取偕老夫妻(旦)長侍奉暮年姑舅(生合前)

(仙呂正曲)醉翁子(旦)回首嘆瞬息烏飛兎走、喜爹媽雙全、謝天相佑(旦)不謬、更清淡安閒、樂事如今誰更有(合)相慶處、但酌酒高歌、共祝眉壽(外唱)

前腔卑陋、論做人要光前耀後、勸吾兒(俗作願非)青雲萬里、早當馳驟(副)(皺眉愛護式)聽剖眞樂在田園、何必區區公與侯(合前)(外副立起生旦扶出科)

僥僥令春花明綵袖、春酒泛金甌、但願歲歲年年人長在、父母共夫妻相勸酬(外向生副向旦科)

前腔夫妻好廝守(生旦)爹媽願長久(唱合)坐對兩山排闥青來好

看將一水護、田疇綠繞流、

【十二時】山青水綠還依舊、嘆人生青春難又、惟有快樂是良謀、

（外）逢時對景且高歌、（副）須信人生能幾何、

（生）萬兩黃金未爲貴、（旦）一家安樂值錢多、

（外副向生旦）我兒媳婦、生受你們、（外）媽媽、一年一度、（副）時光易過、（生）娘子、收拾過了、（旦應）齊下

蔡公宜端方古樸而演一味願兒貴顯與白兎廻異秦氏要趣容小步愛子如珍樣式與荆釵各别忌用蘇白勿忘狀元之母身分

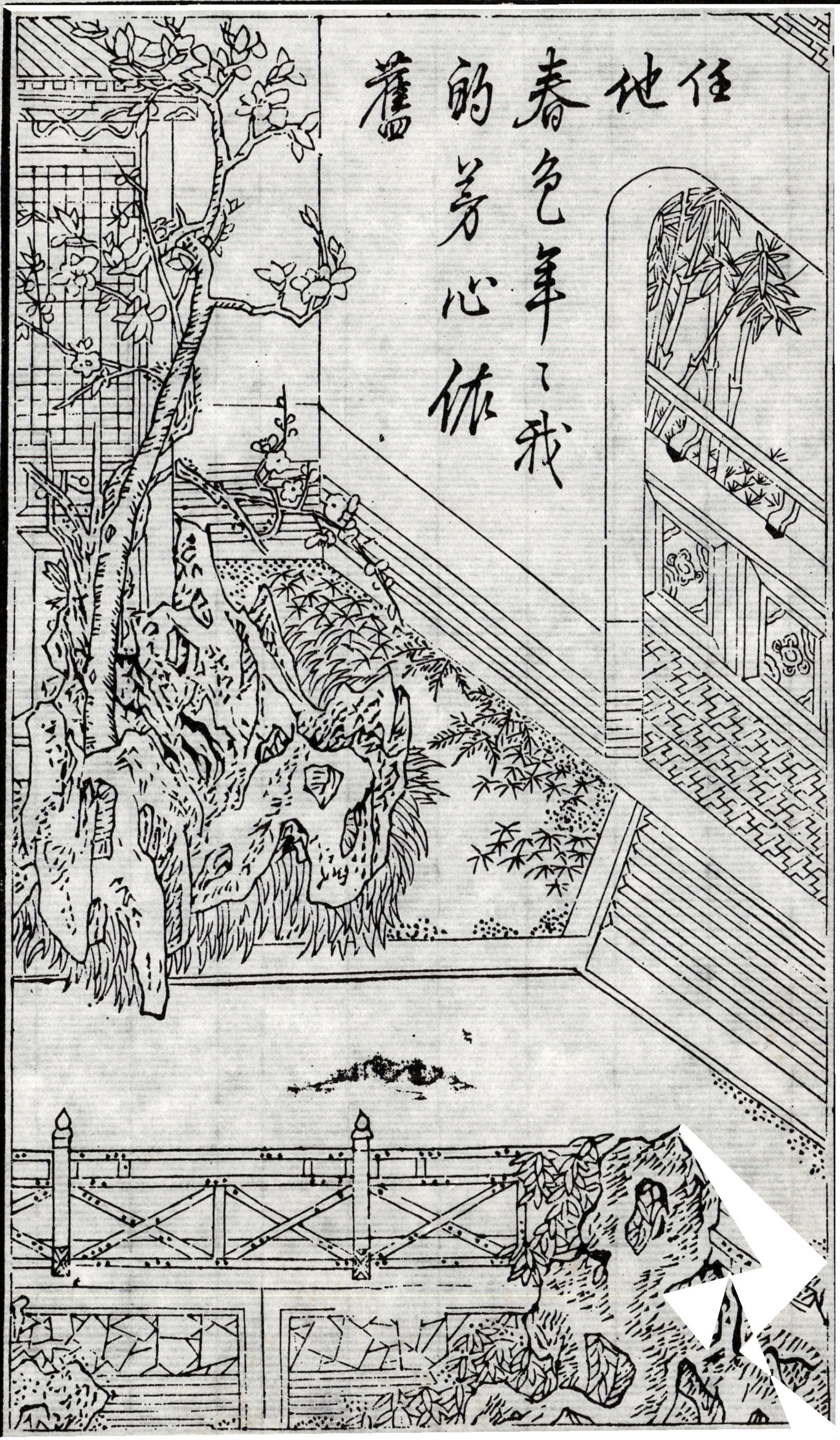
任他
春色年〻我
的芳心依
舊

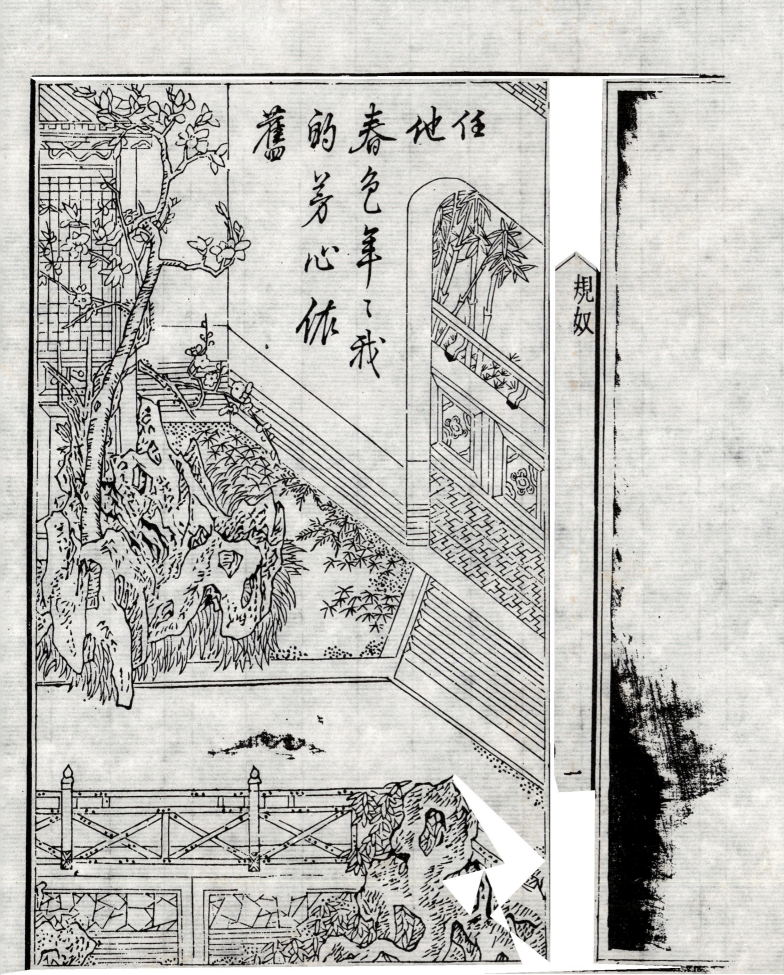

幽開窈窕丰韻自生依此而演戴鬆古扮莫換時妝

俗對正場獨唱不與侍女相言非

俗作把非

規奴（小旦上）

越調引子【祝英臺近】綠成陰、紅似雨、春事已無有（近年以貼代丑亦妥）貼上唱　聞說西郊、車馬尚馳驟（微逗語）（小旦）怎如柳絮簾櫳、梨花庭院、（合）好天氣清明時候（悟淡式）（小旦正坐科白）莫信直中直、須防仁不仁、（貼）惜春見、（小旦）哇、（貼）阿呀、（作側軟跪科）（小旦）賤人、我限你半箇時辰、爲何只管去了、（貼）小姐、早晨裏只聽得疎辣辣狂風、吹散了一簾柳絮、晌午間、又見那淅零零細雨、打壞了滿樹梨花、一霎時、囀幾對黃鸝、猛可的、聽數聲杜宇、見此春去、教我如何不悶、（小旦）春光自去、與你何干、（貼）【玉樓春】清明時節單衣試、爭奈晝長人靜重門閉、（小旦）我芳心不解亂縈牽、羞覩游絲與飛絮、（貼）我在繡窗欲待拈針指、忽聽鶯燕雙雙語、（小旦）賤人、無情何事管多情、任取春光自來去、（貼）小姐、有甚法兒教道惜春休悶哩、（小旦）你且起來、（貼應立起科）（小旦）聽我道、（貼）曉得、（小旦）

越調正曲【祝英臺】把幾分春三月景、分付與東流、（貼）小姐如今鳥啼花落、你須煩惱麼、（小旦）啼老杜鵑、飛盡紅英、端不爲春閒愁、（貼）既不閒愁、可去賞翫麼、（小旦）休休、婦人家不出閨門、怎去尋花穿柳、（貞靜式）（貼）小姐不去賞翫、只恐消瘦了你、（小旦）我花貌誰肯因春消瘦、（貼）

【前腔】（換頭）春晝、我只見燕雙飛、蝶引隊、鶯語似求友、（直挑語式）（小旦）呣、你是人、說那蟲蟻怎麼、（貼）那更柳外畫輪、花底雕鞍、都是少

年閒遊（小旦緊逗語狀）你是婦人家說那男兒的事做甚（貼）我難守
繡房中清冷無人欲待尋一箇佳偶（小旦）賤人倒思想丈夫起來
（貼）這般說我終身休配鸞儔（小旦）惜春
前腔 知否我為何不捲珠簾獨坐愛清幽（貼）清幽清幽爭奈人
愁（小旦）縱有千斛悶懷百種春愁難上我的眉頭（貼）小姐只怕
你不常恁的（小旦）休憂任他春色年年我的芳心依舊（貼）只怕
風流年少的哄動你哩（小旦）這文君可不擔閣了相如琴奏（貼）
前腔 今後（沒趣似省式）方信你徹底澄清我好沒來由（小旦）你怎不收斂了心
（貼）想像暮雲分付東風情到不堪回首（小旦）怎的不學我（貼）聽剖
你是蘂宮瓊苑神僊不比塵凡相誘（小旦）恁地自隨我習女工便

了（貼）謹隨侍窗下拈鍼挑繡（內應鳥叫介）小姐聽枝上子規
啼得好聽哩
（小旦）休聽枝上子規啼（貼）悶坐停鍼不語時
（小旦）窗外日光彈指過（貼）席前花影坐間移
（小旦）今後不可如此（貼）是（小旦）隨我進來（貼）曉得（朝上噹攤手作
變面氣嘆式隨下）

六十日夫妻
恩情斷
八十歲父母
教誰看
管

琵琶記

囑别

二

趙氏五娘正
媚芳年嬌羞
含忍莫犯妖
豔態度

一切行止二
字行作去聲
非

囑別〔正旦黑紬襖上〕

〔仙呂引子〕〔謁金門〕春夢斷臨鏡綠雲撩亂聞道才郎、遊上苑又添離別嘆〔小生青素上〕苦被爹行逼遣脉脉此情何限〔兩對面拭淚科〕〔合〕骨肉一朝成拆散〔揖介〕可憐難捨棄〔分坐科〕〔正旦〕官人、雲情雨意雖可拋兩月之夫妻、雪鬢霜鬟竟不念八旬之父母、功名之念一起、甘旨之心頓忘是何道理、〔小生〕娘子、膝下遠離豈無眷戀之意、奈堂上嚴命不聽分剖之辭、教卑人如何是好、〔正旦〕官人、我猜着你了〔小生〕吓、猜着卑人什麼來、〔正旦〕

〔仙呂正曲〕〔忒忒令〕你讀書思量做狀元〔小生作低頭不語科〕〔正旦〕只怕你學疏才淺〔小生〕那見我學疏才淺、〔正旦〕只這孝經曲禮早（早作孚）

忘了一段（了作襯字）〔小生〕我幾曾忘了〔正旦〕却不道夏凊與冬溫昏須定晨須省親在遊怎遠〔小生〕

〔前腔〕我哭哀哀推辭了萬千〔正旦〕那張大公如何說、〔小生〕他鬧吵吵抵死來相勸〔正旦〕相勸由他不去由你、〔小生〕將我深罪不由人分辯〔正旦〕他罪你什麼來、〔小生〕他道我戀新婚逆親言貪妻愛不肯去赴選〔正旦〕

〔前腔〕沉醉東風你爹行見得好偏〔小生〕咳、〔正旦〕只一子不留在身畔官人、公婆如今在那裏、〔小生〕在堂上、〔正旦〕既如此我和你去說、〔小生〕有理、娘子請、〔正旦欲行靜處尋思科〕我不去了、（重白刪去）〔小生〕娘子、為何欲行又止、〔正旦〕官人嗄、我和你去說、公公倘然不

此齣爲琵琶主腦作者勿鬆關目

此套曲尺寸要緊中寬

聽呵、他只道我不賢、要將伊迷戀、（小生）是咳、（正旦）這其間教人怎不悲怨、（合）爲爹淚漣、爲娘淚漣、何曾爲着夫妻上掛牽、（小生演至此要密作疎中緊密）

【前腔】做孩兒節孝怎全、做爹行不容幾諫、（正旦）官人、你爲人子的、不當恁地埋寃、（小生）非是我要埋寃、只愁他形隻影單、我出去有誰來看管、（前合）（外嗽科小生正旦轉看卽走上急揩乾淚介外副上）（外笑容副憂面式）

【臘梅花】孩兒出去在今日中、爹爹媽媽來相送、但願得魚化龍、青雲得路、桂枝高攀步蟾宮、（小生）爹媽拜揖、（正旦）公婆萬福、（外）我兒、行李收拾未曾、（小生）已收拾了、（外）爲何還不起身、（小生）

孩兒只等張大公到來拜託前去、（外）到門首去看來、（小生應出介）（老生上）仗劍對樽酒、恥爲游子顏、（小生愁容揖科）大公來了、（老生）解元所志在功名、離別何足嘆、（小生）大公請、（老生進各見禮介）老哥老嫂、解元爲何還不起身、（小生）大公、昨日已蒙親許、今日特此拜懇、早入倘有寸進、決不敢忘恩、（老生 莫嫌絮煩前後相照）好說、老漢帶得白銀幾兩、聊爲路費、請收了、（外）謝了大公、（小生）多謝大公、（副）阿呀兒吓、（放聲哭介）若不爲功名、做娘的怎捨得你前去、（小生）爹媽請上、孩兒就此拜別

【園林好】兒今去爹媽休得要意懸、（副）須早去早回、（合唱）兒今去今年便還、（小生）但願得雙親康健、（合）須有日拜堂前、（小生）終有日

拜椿萱〔外〕
〔前腔〕我孩兒不須掛牽爹指望孩兒貴顯若得你名登高選〔合〕
須早把信音傳須早把信音傳〔副〕兒呵、
〔江兒水〕膝下嬌兒去堂前老母單臨行密密縫鍼線眼巴巴望
着關山遠冷清清倚定門兒盼〔生〕母親請自寬懷消遣〔副〕哎呀
兒呵、捧生面不捨介教我如何消遣〔合〕要解愁煩〔副〕須是頻寄音書回轉〔正
旦〕
〔前腔〕妾的衷腸事有萬千〔小生〕有話可對卑人說〔正旦〕說來又
恐怕添縈絆〔小生〕有甚縈絆、〔正旦覷老生正旦左手遮小生亦
右手遮正旦附小生耳老生卽朝下場假看扇面科〕六十日

夫妻恩情斷八十歲父母教誰看管〔小生〕這般說莫非怨着我
麽、〔正旦〕教我如何不怨〔合〕要解愁煩〔正旦〕須是寄箇音書回
轉〔老生〕
五供養自有貧窮老漢託在鄰家事體相關〔看正旦正旦低頭
老生對小生科〕此行雖勉強不必恁留連〔小生〕卑人只慮爹
媽在堂難度歲月、〔老生〕你爹娘早晚早晚間吾當陪伴〔小生
悲科〕〔老生〕丈夫非無淚不灑別離間〔合〕骨肉分離寸腸割斷
〔小生〕
〔前腔〕公公可憐我的爹娘望你周全此身若貴顯自當效銜環
〔跪科老生扶起〕〔外〕請坐、〔老生〕有坐、〔正旦扯小生衣袖背科〕有

孩兒也枉然、你爹娘到教別人看管、此際情何限、偷把淚珠彈、背科拭淚介

【合前】【外】

玉交枝別離休嘆、【副】我好心痛吓、【外】媽媽、我心中豈不痛酸、揩淚介蔡

邕、【小生應科】【外】非爹苦要輕拆散、也只是圖你榮顯、顧正旦正旦低眉介【副】兒呵、

蟾宮桂枝須早攀、北堂萱草時光短、哭哽咽介【合】又未知何日再圓、又未

知、何日再圓、【小生】

前腔雙親衰倦、娘子、【正旦】官人、【小生】你扶持看他老年、飢時勸

他加餐飯、寒時節頻與衣穿、【正旦】做媳婦事舅姑、不待你言、你

做孩兒離父母、何日返、【合】【合前】

川撥棹歸休晚、莫教人凝望眼、但有日回到家園、但有日回到

家園、【小生】怕回來雙親老年、背唱拭淚介【合】怎教人心放寬、不由人不珠淚

漣、【正旦】

前腔【換頭】我的埋冤怎盡言、【小生】你埋冤我如何、【正旦】我的一身

難上難、【小生】娘子、你寧可將我來埋冤、你寧可將我來埋冤、莫

將我爹娘冷眼看、【跪科正旦急還禮扶小生起】【合】【合前】

餘文生離遠別何足嘆、專望你名登高選、衣錦還鄉、教人作話

傳、

【小生】此行勉強赴春闈、【外】專望明年衣錦歸、

【老生】世上萬般哀苦事、【副】無過遠別共生離、

【老生】告辭了、【外】送了大公出去、【小生應送介】【老生】解元路上

須要小心、願你步去馬回、〔小生〕多謝大公、〔老生下小生進介〕

〔旦〕媳婦可念夫妻之情、送到十里長亭就回來、〔正旦〕曉得、〔外〕兒吓、爲父的止生你一人、家道艱難、八旬父母兩月夫妻、若得成名及早回來、〔小生〕孩兒曉的、〔外拭泪下〕請進去罷、〔副〕〔雙手攙生式〕兒吓、教我做娘的那裏割捨得你下、〔小生〕母親請自保重、〔正旦〕公婆請進去罷、〔作不捨大哭三回四顧式副下〕

你休怨着朝
雲暮
雨暫替我冬
温夏
清

南浦

中呂引子〔尾犯引〕（旦）懊恨別離輕，悲豈斷絃，愁非分鏡，只慮高堂風燭不定。（生）腸已斷欲離未忍，淚難收無言自零。（合）空留戀，天涯海角，只在須臾頃。（旦）官人，此去蟾宮須穩步，休教別戀房幃。公婆年老怎支持，一朝波浪起，鴛侶兩分飛。（生）無奈椿庭嚴命緊，不容分剖之辭，如今暫別守孤幃，晨昏行孝道，全仗你扶持。（旦）

中呂正曲〔尾犯序〕無限（直露傷悲介）別離情，兩月夫妻，一旦（生旦作出門科）孤另。此去經年，望迢迢玉京思省。（生）莫非慮着山遙水遠麼。（旦）奴不慮山遙水遠。（生）莫非慮着衾寒枕冷麼。（旦）奴不慮衾寒枕冷。（生）慮着什麼來。

（旦）奴只慮公婆沒主，一旦冷清清（拭淚）。（生）

前腔〔換頭〕何曾想着那功名。（旦）你既不爲功名要去何幹。（生）欲盡子情難拒親命，年老爹娘，望伊家看承畢竟。你休（攜旦手式）怨着朝雲暮雨，暫爲我冬溫夏凊，思量（旦流涕生背攤手介）起如何教我割捨得眼睜睜。（旦）

前腔〔又一體〕你儒衣纔換青，快着歸鞭，早辦回程。十里紅樓，休戀着娉婷。叮嚀（雙手攙生雙手式），不念我芙蓉帳冷，也思親桑榆（俗作親非）暮景。頻囑付（背科），知他記否。空自語惺惺。（生）娘子，

前腔寬心須待等，我肯戀花柳，甘爲萍梗。只怕萬里關山，那更音信難憑，須聽（亦雙手攙旦式）沒奈何分情破愛，誰下得虧心短行。（合唱）從今去相思兩處，一樣（各大哭科）淚盈盈。（旦）官人，此去得官不得官，千萬早早寄

箇音書回來、〔生〕娘子、我音書要寄、只怕關山阻隔、

鷓鴣天萬里關山萬里愁、〔并别科〕〔旦〕一般心事一般憂、〔生〕桑榆暮景應難保、客館風光怎久留、〔生行又縮住顧科〕〔旦〕

前腔〔換頭〕他那裏慢凝眸、〔生轉斜對旦遠立云〕娘子請回罷、〔旦〕官人請、〔各上下看大哭生身轉頭紐顧拭淚慢下〕〔旦〕正是 望遠科 馬行 回門式 十步九回頭、歸家只恐傷親意、閣淚汪汪不敢流、〔拭淚下〕

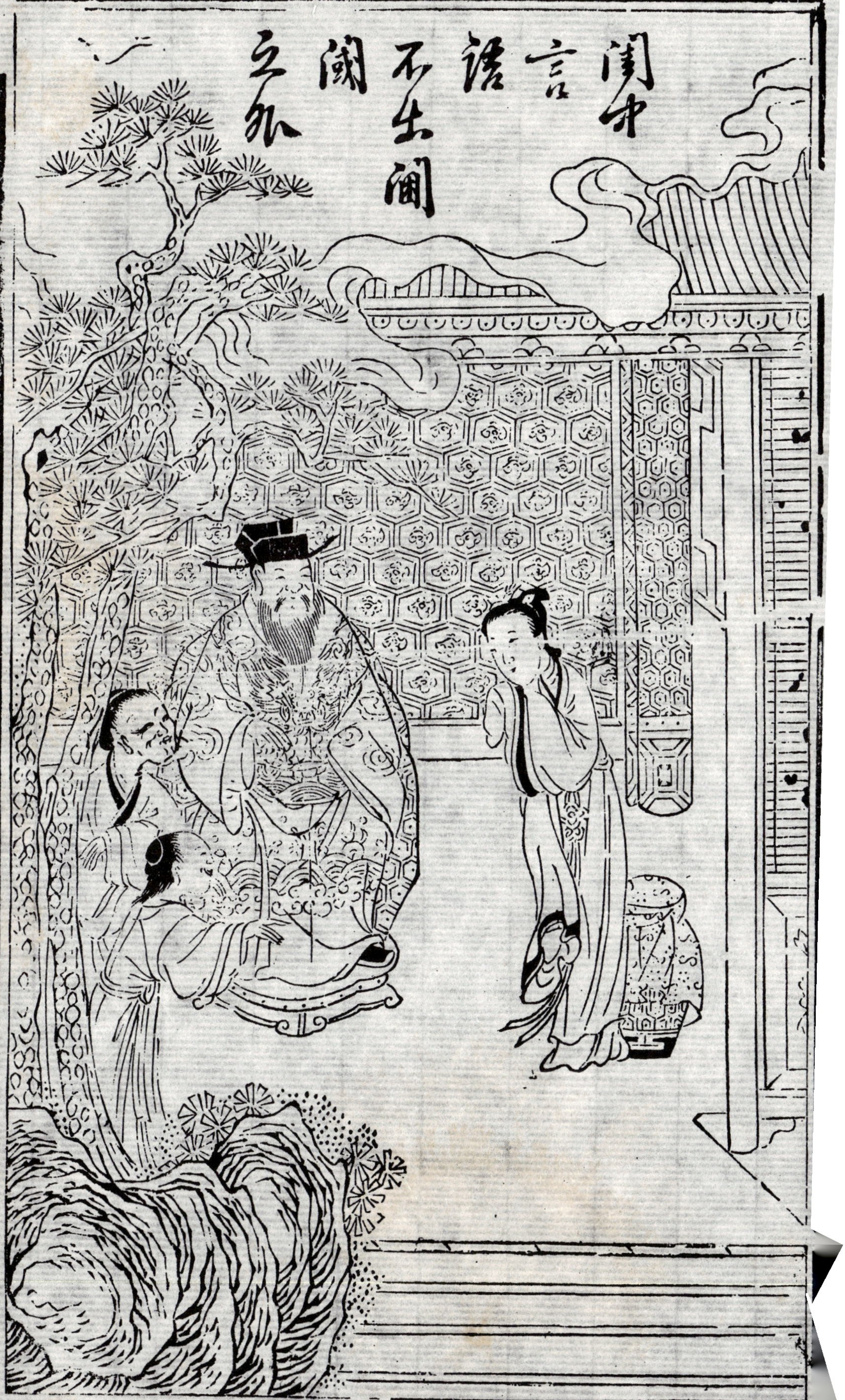
閨中言語不出閫閾之外

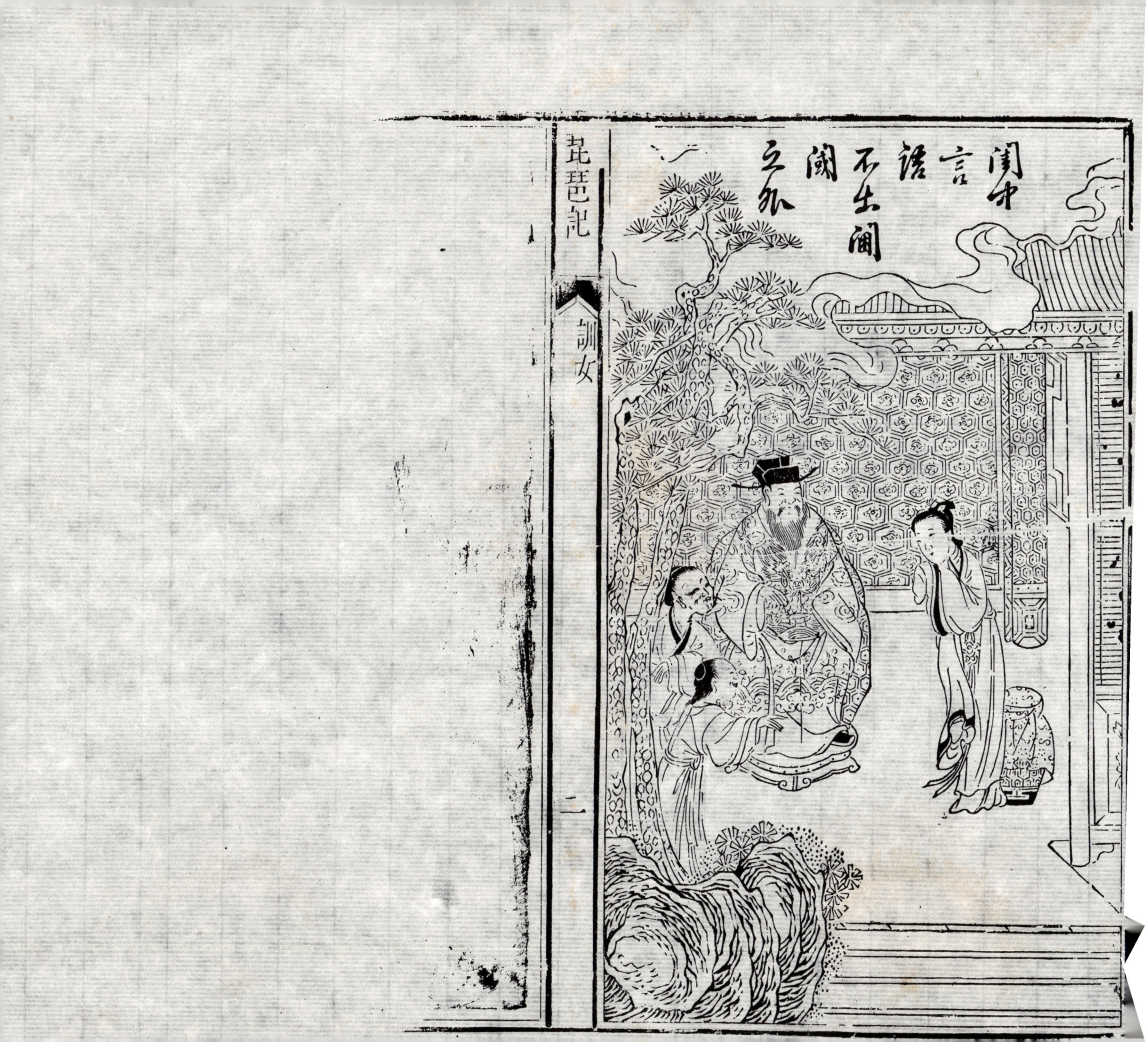

此場用或不用亦可

莫違作者意不過名爲牛卓非

訓女（末上）

珠幌斜連雲母帳、玉鉤半捲水晶簾、輕烟裊裊歸香閣、日影騰騰轉畫簷、自家牛太師府中、院子是也、這幾日老相公久畱省中、未曾回府、這些使女們鎮日在後花園中閒耍、今日知道老相公回來、都不敢出來了、我不免灑掃廳堂伺候、則箇、（內喝導科）喝導之聲、老相公回府也、（丑副老旦占小軍生小生院子持衣帽笏引外蟒服上）

正宮調引子（齊天樂）鳳凰池上歸環珮、袞衣御香猶在、欒戟門前、平沙堤上、何事車塡馬隘、星霜髩改、怕玉鉉無功、赤舄非才、回首庭前、淒涼丹桂好傷懷（小軍齊跪外進科生小生云）卸下（小軍

應下生小生放衣帽笏介外坐科末生小生）院子叩頭、（外）起來、（末生小生應）（外）蕪蘼徑路草蕭蕭、自古雲林遠市朝、公道世間惟白髮、貴人頭上不曾饒、老夫這幾日久畱省府不曾回家、聞得這些使女們終日在後花園中戲耍、自古欲治其國、先齊其家、院子、（末）有、（外）喚老姥姥和惜春出來、（末）曉得、老姥姥惜春、太師喚、（淨丑上）來哉、（內應鴉叫）（淨）噌了頭、老鴉叫、（丑）眼睛跳、（淨）勿是打、（丑）定是弔、（淨）打勿打三千、（丑）弔勿弔一年、（淨）也沒得說、（丑）也沒啥話、（淨）且去見渠、（丑）說得有理、（淨）老爺、老姥姥叩頭、（丑同淨僉云）老爺、惜春叩頭、（外）嗐、你這老婢子、我託你做箇管家婆、不拘束這些使女、反同他們鎮日在

後花園中戲耍、是何道理、(淨)哎呀、我說你勿要居來居來子、就要淘我殻氣哉、(末)淘老爺的氣、(淨)老爺在上、老婢在下、(末)什麼上下、(淨)勿是吓、分子殻上下好說話介、老爺惜春箇丫頭、勿打渠介兩記、勿成精、定要作怪哉、(丑)老爺、你一記勿要打我、看我成僚精、作僚怪出來、(淨)自從箇日老爺入朝去子、老婢在廚房下、跣箇馬桶、(末)飯桶、(淨)啐、乞殻氣昏子了、香臭纔勿得知哉、只見惜春箇丫頭、走得來、也勿吽、也勿招、拿殻嘴來烏哩烏、我說惜春姐、你來做僚、渠說道、老姥姥、如今春三二月、豔陽天氣、你看蜂也鬧、蝶也鬧、人世難逢開口笑、笑一笑、少一少、惱一惱、老一老、捏一捏、跳一跳、疊一疊、要一要、

拿箇兩隻手、搭拉我殻肩架上子、推出婆婆出閶門、閶門路裏鬧盈盈、冷粥冷飯多討星、一推、推子進去哉、一進、進子花園門、纔是渠殻世界哉、假山上𨅝𨅝、木香棚底下鑽鑽、看見子殻鞦韆架、我裏打鞦韆吓、蕩哩蕩、蕩哩蕩、跌得下來、羞羞纔露出子、阿該打兩記、阿是我勿差、(外)你這小賤人、怎麼不與小姐在繡房中做鍼指、反在後花園中戲耍、這是怎麼說(丑)老爺、渠有告我有訴、我搭小姐拉繡房裏、繡老爺殻狗牛肚子、(末)是斗牛補、(丑)啐啐啐、正是、只見箇老姥、拉厾窗外頭拿手得來招哩招、我說僚殻了、箇老姥拉殻袖裏挖箇張紙頭得出來、我一看耶、到有兩句詩拉上、寫道春光明媚景物

鮮妍、攢盆一架、美酒一壜、請移蓮步、同到花園、鋪牌買快、行
令猜拳、喫得醉而復醒、醒而復歡、書不盡意、意不盡言、月香
姐粧次、（末）那箇月香姐、（丑）箇嘿就是我嗀賤號哉耶、我連忙
荅嗀兩句回頭渠咭、（末）寫什麼、（丑）寫嗀適承手教、有辱寵招
何勞盛意、枉費佳餚、遵依家訓、敢犯法條、特此奉覆、勿勞再
邀、我是介盡盡絕絕嗀回頭子渠、渠對子我說道惜春姐你
嗀癩疥瘡阿好來、我說還有兩嗀水窠拉上來、渠說拿拉我
看看、一把拖住子我手、對子背上一甩、說道跎跎跎賣升籮、
升籮破再買箇、一進進子花園門是着箇老姥勿出年紀嘿
是介一把骨頭沒得四兩重、把假山推倒、金魚壓壞、牡丹蹴

損、海棠踹壞、東張西望、望老爺極歡喜介件物事、乞渠弄壞
厾哉、（末）什麼東西、（丑）望着子介盆細葉菖蒲、渠竟認子松毛
韭菜了、說道介盆好韭菜乾枯壞哉、等我不點掗用拉渠扯
開子褲子、鑿落落介一場大尿、澆得渠東倒西歪、烏勿三、白
勿四、那間到像子老爺嗀髭鬚厾哉、（外）取板子來、各打十二、
（淨丑）阿呀老爺、我裏十四去嗀嬔爲僭了、打起十三來介、（院
子打科）（末）一五、一十、十三、（外）院子廻避、（院子應下）（外）請小姐
出來、（淨丑）曉得、（丑）老花娘纔是你、（淨）小娼根你好厾、（丑淨）小
姐有請、（小旦
引子【仙呂】【花心動】幽閣深沉、問佳人、爲何懶添眉黛、（顧淨丑介）（淨丑）小姐我渠

兩箇鑾打哉、（小旦）繡線日長圖史春閒誰解屢傍粧臺絳羅深護奇葩小不許蠢迷蝶猜（淨丑）笑瑣窗多少玉人無賴小姐到、（小旦）爹爹萬福、（外）你可知過麼 俗作罪非 （小旦）孩兒不知、（外）呣（旦）驚跪科 淨（丑）要天變耶黃牛叫了、（外）自古婦人之德不出閨門行不動裙笑不露齦今日是我的孩兒異日做他人的媳婦我這幾日不在家你却放老姥姥惜春都在後花園中閒耍不習女工是何道理都是你不拘束他們倘或做出些歹事來可不連你的芳名都汚了、（小旦）多謝爹爹嚴訓孩兒今後自拘他們便了爹爹息怒（淨丑）小姐是嚇勿起殼、（外向小旦云）你且起來、（小旦）應立謝介（外）

仙呂正曲 （惜奴嬌序）你杏臉桃腮當有松筠節操蕙蘭襟懷閨中言語不出閫閾之外老姥姥（淨應外）你年衰不教我孩兒是伊之罪惜春、（丑應外）這風情今休再（合）記冉來但把不出閨門的語言相戒（小旦）

（前腔換頭）堪哀萱室先摧嘆婦儀姆訓未曾諳解（外）人孰無過改之爲上（丑）小姐想子先老夫人拉丟哭哉、（淨）老爺你爲僧了再勿想我、（小旦）蒙爹爹嚴訓從今怎敢不改老姥姥（淨應小旦）裙釵早晚望伊家將奴誨惜春（丑應小旦）改前非休違背（合前）（淨）

（黑麻序）看待父母心婚姻事須要早諧勸相公早畢兒女之債（外）休呆如何女子前胡將口亂開（合）記今來但把不出閨門的

語言相戒（丑）
（前腔）輕浼我，受寂寞，擔煩惱，教我怎捱，細思之怎不教人珠淚盈腮。（占）寧耐，溫衣并美食，何須苦掛懷。（合前）
（外）婦人不可出閨門，（小旦）多謝嚴君教育恩。
（淨）休道成人不自在，（丑）須知自在不成人。
（外）伏侍小姐到繡閣中去，（淨丑）曉得。（外）今後不可如此。（淨丑）是。（外下淨）今後不可，（丑）纔是你箇老娼根老淫婦。（淨）小姐，（小旦）復回看丑淨指丑丑低頭旦下（丑）老花娘，（淨）小花娘。（諢下）

索性做箇孝婦
賢妻也落得名
標青史

事嘉六樂人易動人難此此齣一人在場獨唱須要眞出賢孝婦來方可動人

鏡嘆〔正工〕兆頭元禩宮繇上

〔正宮引子〕破齊陣翠減祥鸞羅幌、香銷寶鴨金爐、楚館雲閒秦樓月冷、動是離人愁思、目斷天涯雲山遠、親在高堂雪鬢疎、阿呀伯喈嘎、緣何書也無〔正場椅坐科〕〔古風〕明明匣中鏡、盈盈曉來粧、憶昔事君子、雞鳴下君牀、臨鏡理笄總、隨君問高堂、一旦遠别離、鏡匣掩清光、流塵暗綺疏、青苔生洞房、零落金釵鈿、慘淡羅衣裳、傷哉憔悴容、無復蕙蘭芳（俗作房非）、有懷悽以楚、有路阻且長、妾身豈嘆此、所憂在姑嫜、念彼猶孫遠、眷此桑榆光、願言盡婦道、遊子不可忘、勿彈綠綺琴、絃絕令人傷、勿聽白頭吟、哀音斷人腸、人事多錯迕、羞彼雙鴛鴦、（古風一篇宜用清板兩下以便噴津舒氣）奴家自嫁與蔡伯

喈、纔方兩月、指望與他同事雙親、偕老百年、誰知公公嚴命、强他赴選、自從去後、竟無消息、把公婆抛撇在家、教奴獨自應承、奴家一來要成丈夫之名、二來要盡爲婦之道、盡心竭力、朝夕奉養、正是天涯海角有窮時、只有此情無盡處、〔吟詩〕

蔡郎飽學衆皆知、甘分庭前戲綵衣、一旦高堂難拒命、含悲掩淚赴春闈、〔鼓鼔二點〕〔笙笛齊鳴〕

〔雙調集曲〕〔風雲會四朝元〕〔四朝元首至十一句〕春闈催赴、同心帶綰初、嘆陽關聲斷、送别南浦、早已成間阻、謾羅襟淚漬、謾羅襟淚漬、和那寶瑟塵埋、錦被羞鋪、寂寞瓊窗、蕭條朱戸、〔駐雲飛四至六〕空把流年度、嗏、嗔子裏自尋思、〔一江風五至八〕妾意君情、一旦如朝露、君行萬里途、妾

傷心酸鼻學
字休懸

心萬般苦（朝元令合至末）君還念妾迢迢遠遠也須回顧也須回顧（拭淚介）（吟
詩）良人別去未曾還妾在深閨淚暗彈萬恨千愁渾似織懨
懨春病損朱顏（笙聲帶長鼓追兩點）
前腔（四朝元首至十一句）朱顏非故綠雲懶去梳（立起進桌梳妝介）奈畫眉人遠傳粉郎去
鏡鸞羞自舞把歸期暗數把歸期暗數只見雁杳魚沉鳳隻鸞
孤綠遍汀洲又生芳杜（駐雲飛四至六）空自思前事嗏日近帝王都（江一
風五至八）芳草斜陽（貫神望嘆）教我望斷長安路君身豈蕩子妾非蕩子婦（朝元
令合至末）其間就裏千千萬萬有誰堪訴有誰堪訴（留一腔而飲茶）（吟詩）桑榆暮景
實堪悲囊篋蕭然家計虧竭力執餐行孝道晨昏定省步蹔
移（笙鼓照前）

前腔（四朝元首至十一句）輕移蓮步堂前問舅姑（慢走出桌照前而坐介）怕食缺須進衣綻須補
要行時須與扶（嗳鼻）奈西山景暮奈西山景暮教我倩着誰人傳語
我的兒夫（出神介）你身上青雲只怕親歸黃土（駐雲飛四至六）我臨別也曾多（如告伯喈狀）
囑付嗏那些箇意孜孜（一江風五至八）只怕（落氣式）十里紅樓貪戀着人豪富
你雖然是忘了奴也須念父母（朝元令合至末）苦無人說與這凄凄冷
冷怎生辜負怎生辜負（垂首舒氣吟詩）秋來天氣最凄涼俊秀
紛紛鏖戰忙屈指算來經半載多才想已決文場（只用鼓點）
前腔（四朝元首至十一句）文場選士紛紛都是才俊徒少甚鏡分鸞鳳都
要榜登龍虎偏是（立起桌椅皆撤）他將奴慢也不索氣蠱（色同）也不索氣蠱既受託
了蘋蘩有甚推辭索性做箇孝婦賢妻也落得名標青史今日

呵、（駐雲飛四至六）不枉受了些閒悽楚　嗏俺這裏自支吾（一江風五至八）休得污了他的名兒左右與他相回護　丈夫你便做腰金與衣紫須記得釵荊與裙布（朝元令合至末）一場愁緒堆堆積積宋玉難賦宋玉難賦

回首高堂日已斜、　遊人何事在天涯、
紅顏勝人多薄命、　（俗作東非）莫怨春風當自嗟、　（下）

劇之千百齣曲有萬千種莫難於鏡嘆思鄉最難於排演如簪夢翫真內含情境外露春生可增濃淡點染惟此二齣全在白描愁苦上做出箇本色人來當知妻賢子孝可化愚婦愚夫使觀者有所感動也

辭朝

一

望丹墀天高
聽高望白雲山
遥路遥

有嫌宮歇賦長止唱混江龍亦可

宮賦白宜輕宜重有高有低要一口氣到底

辭朝【末朝帽朝服扮黃門官執笏上】

仙呂調隻曲【點絳唇】夜色將闌、晨光欲散、【把】珠簾捲、移步丹墀、擺列着金龍案。【下官乃漢朝、一箇小黃門、往來紫禁、侍奉丹墀、領百官之奏章、傳一人之命令、正是主德無瑕因官習、（俗作非）天顏有喜近臣知。如今天色漸明、正是早朝時分、官裏升殿、怕有百官奏事、只得在此伺候。怎見得早朝。】○【此曲本連點絳唇之下不唱可惜故載之】

仙呂調隻曲【混江龍】官居宮苑、【謾道是】天威咫尺近龍顏。【每日間】親隨車駕、只聽鳴鞭。【去】螭頭【上】拜跪、【隨着那】豹尾盤旋。朝朝宿衛、早早隨班。【做不得】卿相當朝一品貴、【先隨着】朝臣待漏五更寒。空嗟嘆山寺日高僧未起、算來名利不如閑。【但見銀河清淺、珠

斗爛班、數聲角吹落殘星、三通鼓報傳清曙、銀箭銅壺點點滴滴、尚有九門寒漏、瓊樓玉宇、聲聲隱隱、已聞萬井晨鐘、曈曨曚曚、蒼茫紅日映樓臺、拂拂霏霏、葱蒨瑞烟浮禁苑、裊裊巍巍千尋玉掌、幾點瀼瀼露未晞、澄澄湛湛萬里璇空、一片團團月初墜。三唱天雞咿咿喔喔、共傳紫陌更闌、百囀流鶯間間關關、報道上林春曉、午門外碌碌刺刺、車兒碾得塵飛、六宮裏嘔嘔啞啞、樂聲奏如鼎沸、（勞同嘔啞）只見那建章宮、甘泉宮、未央宮、長楊宮、五柞宮、長秋宮、長信宮、長樂宮、重重疊疊萬萬千千、盡開了玉關金鎖、又見那昭陽殿、金華殿、長生殿、披香（舒氣）殿、金鑾殿、麒麟殿、太極殿、白虎殿、隱隱約約、三三兩兩、都捲

白中字二緊入聲偶有平上去聲皆圈出獨有的字未圈乃襯字

上繡箔珠簾、半空中忽聽得一聲、（洪壯聲六）轟轟劃劃、如雷如霆、震耳的鳴稍響、合殿裏只聞得一陣、（和柔語念）氤氤氳氳非烟非霧、撲鼻的御爐香、縹縹緲緲、紅雲裏、雉尾扇遮着赭黄袍、深深沉沉、丹陛間、龍鱗座覆着彤芝蓋、左列着（雄威狀式其聲咢咢）森森嚴嚴、前前後後的羽林軍、期門軍、控鶴軍、神策軍、虎賁軍、花迎劍佩星初落、右列着濟濟鏘鏘、高高下下的（而嚴意勇二斷白一口氣）金吾衛、龍虎衛、拱日衛、千牛衛、驃騎衛、〔舒氣〕柳拂旌旗露未乾、金間玉、玉間金、爛爛爍爍、燦燦爛爛的神仙儀從、紫映緋、緋映紫、行行列列、整整齊齊的文武官僚、螭頭陛下立着一對、妖妖嬈嬈、花容月貌、繡鸞袍鴛鴦靴的奉引昭容、豹尾班中擺着一對、端端正正、銅肝鐵膽、白象簡獅豸冠的糾彈御史、拜的拜、跪的跪、那一箇敢挨挨拶拶縱諠譁、升的升、下的下、那一箇不欽欽敬敬依禮法、但願得（帶笑溫語）常瞻仙仗、聖德日新日新日日新、與羣臣共拜天顏、聖壽萬歲萬歲萬萬歲、（清板二下）正是從來不信叔孫禮、今日方知天子尊、隨俗內應喏下〔末〕道猶未了、奏事官早到、〔虛下〕〔丑〕副羅帽綴海青扮二家童執笏抱鏡掌燈引小生朝帽朝服扮蔡邕上

〔小生唱〕

黃鐘宮引子〔點絳唇〕〔隨時入仙呂調北曲〕月淡星稀、建章宮裏千門曉、御爐烟裊、隱隱鳴梢杳、不寢聽金鑰、因風想玉珂、明朝有封事、數問夜如何、自家爲父母在堂、要上表辭官回去侍奉、這是午門外、不免徑入、〔末上〕奏事官排班、整冠、〔家童執鏡小生右横對鏡

執笏而跪、如覲御顏、如奏其事、哽咽陳情、

黃門捧笏、肅儀而聽

前形懇切狀

整科〔末〕整衣、〔小生整衣科〕〔末〕束帶、〔小生束介〕〔末〕執笏、〔家童遞笏小生執科〕〔末〕咳嗽、〔小生嗽介〕〔末〕上御道、〔家童照上御道介下〕〔末〕三舞蹈、〔小生三舞蹈介〕〔末〕山呼、〔小生〕萬歲、〔末〕再山呼、〔小生〕萬歲、〔末〕齊祝山呼、〔小生〕萬萬歲、〔俯伏科〕〔末〕我乃黃門、職掌奏章、有何文表、就此批宣、（其聲入調）〔小生低頭跪直奏科〕

越調正曲、入破、議郎臣蔡邕、啟今日蒙恩旨、除臣爲議郎官職、重蒙賜婚牛氏、干瀆天威、臣謹誠惶誠恐、稽首頓首、伏念微臣、初來有志誦詩書、力學躬耕、修巳、不復貪榮利、（浮去聲）事父母、樂田里、初心願、如此而已、不想州司、謬取臣邕、克試到京畿、豈料蒙恩、（俗作懸蒙非）叨居上第、〔末〕今賜牛丞相之女、與卿成婚、〔小生〕

破第二重、蒙聖恩、婚賜牛公女、臣草茅疎賤、如何當此隆遇、況臣親老、一從別後、光陰有幾、（俗作又非）廬舍田園荒蕪久矣、〔末〕卿父母在堂、必有人侍奉、不必憂慮、〔小生〕

哀第三、但臣親老、（俗增那更非）鬢髮白、（俗作垂非）筋力皆癯瘁、形隻影單、無弟兄誰奉侍、況隔千山萬水、生死存亡、雖有音書、難寄、最可悲、他甘旨不供、臣食祿有愧、〔末〕聖上作主、太師聯姻、有何不可、〔小生〕

歇拍、不告父母、怎諧匹配、臣又聽得家鄉里、遭水旱、遇荒饑、料想臣親、必做溝渠之鬼、未可知、怎不教臣、阿呀悲傷淚垂、〔末〕此非、哭泣之處、不得驚動天聽、（俗作顛非）〔小生〕

中袞、五臣享厚祿、挂朱紫、出入承明地、（俗作獨非）惟念二親、寒無衣、饑無

可何錚錚唱

戲之斷絡處、最宜緊接、

食喪溝渠、憶昔先朝、朱買臣守會稽、司馬相如持節錦歸、
〔煞尾〕他遭遇聖時皆得還鄉里、臣何故別父母遠鄉閭沒音書、
此心違、伏惟陛下、特憫微臣之志、遣臣歸得侍雙親、隆恩無比、
〔出破〕若還念臣有微能、鄉郡望（氷同陰平聲音安）安置、庶使臣忠心孝意得全美、
臣無任瞻天仰聖、激切屏營之至、〔末〕退班、〔小生〕萬歲萬歲萬萬
歲、〔從下分上轉對而揖介 空鼓五記點染冷處〕〔末〕狀元、吾當與汝轉達天聽便了、
〔小生作雙手捧本與末科〕〔末〕疾忙移步上金階、叩闕封章達
帝台、〔小生〕黃門口傳天語降、〔末〕狀元專聽玉音來、〔下〕〔小生〕黃
門大人、已將我奏章達上、未知聖意允否、不免禱告天地一
番、

〔黃鐘宮正曲〕〔滴溜子〕天憐念、天憐念蔡邕、拜禱雙親的、雙親的死生
未保、可憐恩深難報、一封奏九重知、他聽否、爹娘嘎、會合分離
都在這遭、〔四監二宮女黃門官引老旦扮昭容捧旨上〕聖旨下
〔前腔〕今日裏今日裏議郎進表、傳達上、傳達上聖目看了、道太
師昨日先奏、把乘龍女壻招多少是好、現有玉音臨降聽剖、〔小
生末跪恭接〕〔老旦居中云〕聖旨已到、跪聽宣讀、〔小生俯伏科〕
〔老旦〕皇帝詔曰、孝道雖大、終于事君、（俗作王事非）政治多艱、豈遑報父、朕
以涼德、嗣纘丕基、眷茲警勵之風、未遂雍熙之化、爰招俊髦
以輔不逮、咨爾才學允愜輿情、是用擢居議論之司、以求繩
糾之益、（俗增白非）爾當恪守乃職、勿有固辭、其所議婚姻事可曲從師

相之請以成桃夭之化、欽予時命、裕汝乃心、謝恩（小生）萬歲萬歲萬萬歲（老旦二宮女四監同唱）把乘龍女婿招多少是好、現有玉音臨降、聽剖（衆下）（末）狀元養親本不准（遇饑荒未准了非）（小生）既不准、待下官再奏（末）聖旨已出、誰敢再奏（小生）黃門大人、聖上不准我的表章呵（俗云也罷非）

黃鐘宮正曲【啄木兒】我親衰老、妻幼嬌、萬里關山音信杳、他那裏舉目淒淒、俺這裏回首迢迢、他那裏望得眼穿呵呀兒不到、俺這裏哭得淚乾親難保（末）聖旨誰敢違背（小生）閃殺人一封丹鳳詔（末）

【前腔】你何須慮、不用焦、人世上離多歡會少、大丈夫當萬里封侯、肯守着故園空老、必竟事親事君一般道（俗倒唱非）、人生怎全得忠和孝、却不見（俗作道非）母死王陵歸漢朝（小生）

【三段子】這懷怎剖、望丹墀天高聽高、這苦怎逃、望白雲山遙路遙（末）你做官與親添榮耀、高堂管取加封號（俗作誥非）、與你改換門閭偏不是好（小生）

【歸朝歡】牛太師嗄、你那冤家的冤家的苦苦見招、俺媳婦、埋冤（俗作怨非）怎了、饑荒歲饑荒歲怕他怎熬、俺爹娘怕不做溝渠中餓殍（末）殿元、譬如四方戰爭多征調、從軍遠戍沙場草、也只是爲國忘家怎憚勞（小生）家鄉萬里信難通、（末）爭奈君王不肯從、

（小生）情到不堪回首處（合）一齊分付與東風

（末從內下）（小生愁容低頭從外下）

媳婦便是親
兒女勞役
事本分當
爲但願
公婆從此
相和美

嗟兒

嗟兒〔正旦青布衫打腰兜頭上〕
〔商調引子〕〔憶秦娥前〕長吁氣、自憐薄命相遭際、相遭際、暮年姑舅、薄情夫壻、〔清平樂〕夫妻纔兩月、一旦成分別、沒主公婆甘旨缺、幾度思量悲咽。○家貧先自艱難、那堪不遇豐年、恁地千辛萬苦、蒼天也不相憐、奴家自從兒夫去後、遭此饑荒、況兼公婆年老、朝不保夕、教我獨自如何承奉、婆婆日夜埋怨着公公、道當初不合教孩兒出去、公公又不伏氣、只管與婆婆鬧爭、外人不理會的、只道是媳婦不會看承、以致公婆日夜鬧吵、且請公婆出來、再勸解則箇、公公有請、〔外內應〕哎呀老乞婆、〔副亦應罵科〕哎呀老賊嗄、〔外破長方巾舊帕裹頭破紬襲舊紬裙打腰拄杖愁容上〕

〔憶秦娥後〕孩兒一去無消息、雙親老景難存濟、〔正旦〕婆婆有請、〔副白髮烏兜破帕裹頭破紬襖打腰裙亦拄杖上接唱〕難存濟、咳、〔作倚杖連身一重築一踵身杖下打外杖〕〔外驚回身介〕〔副〕老賊嗄、〔正旦忙勸狀〕婆婆、〔外〕哎呀老乞婆嗄、〔副〕不思前日強教孩兒出去、〔正旦〕婆婆請坐了、〔扶副退下副作重坐杖靠左肩兩手相攏搿搭介〕〔兩椅俱向外場擺〕〔外亦坐杖靠右肩介〕〔正旦福科〕公婆萬福、〔外副〕罷了、〔正旦右旁立介〕〔副〕老賊你今日教孩兒出去做官、明日教孩兒出去做官、如今做得好官、沒飯喫餓死你這老殺才、沒衣穿凍死你這老賊、〔連杖重點頭朝右介〕〔外〕哎呀阿婆嗄、你埋怨我則甚、我當初教孩兒出去赴選、知道今日恁的饑荒、誰家不忍饑、那家不受餓、誰是這般埋怨、我、難道是箇神仙、〔副帶哭對左點頭揩淚云〕像箇神仙、兩三日不動烟火了噑、豈不像箇神仙、〔作重點頭即向右介〕〔正旦〕公公、婆婆且請息怒、聽媳婦一言分剖、婆婆嗄、〔作近副旁附耳科〕當初公公教孩兒出去時節、不道今日恁的饑荒、〔副作搖頭不理介〕〔正旦〕婆婆你也難埋怨公公、〔外〕老乞婆聽嗟、〔副作懊惱式〕咗咗咗、我怎麼不要怨他、〔正旦至左向外云〕嗄公公、今日婆婆見這般饑荒、孩兒又不在眼前、〔副聽見正旦言語作暗哭拭淚介〕〔正旦連云〕心下焦躁、〔副回向外云〕老賊你也聽嗟

聽嗟、〔正旦〕公公你也休怪婆婆埋怨、〔外〕我那箇怪他、〔正旦〕公婆且請寬心、媳婦還有些釵梳首飾之類、典些糧米、以充公婆一時口食、嗄寧可餓死媳婦、〔副嗄〕〔外呦〕〔正旦高悲云〕决不將公婆落後的嗟、〔哭至中跪介〕〔外副大哭介〕〔副雙手捧住正旦肩腮大哭科〕哎呀媳婦嗄、嗄千虧萬虧都虧了你、〔正旦〕媳婦應該的、〔副〕你且起來、〔外〕起來、〔正旦〕是、〔立右下背揩淚介〕〔副作切齒狀云〕哎呀我只是恨這老賊（俗通作老賊嗄〻子眼前舉佳五森丹桂儒譙裁不可）〔仍雙手相攏拐杖介〕

商調集曲〔金絡索〕〔金梧桐首至五〕區區（俗作無此頭板非）一箇兒、兩口相依倚、沒事爲着功名、不要他供甘旨、你教他去做官、〔東甌令二至四〕要改換門閭、只怕他做得官時、〔作出手齊執杖〕你做鬼（通作頭板亦可）〔雙手執杖以下杖稍打外右腳〕

背〔外慌狀亦依杖下節擄介〕哎呀老乞婆嗄、〔正旦忙勸介〕哎
呀婆婆不要如此、〔副〕老賊、孩兒臨出門的時節、你說的話我
一句句都記在這裏嗏、〔外〕我說甚來、〔副〕哪、〔外〕嗄、〔副〕你圖他三
牲五鼎供朝夕〔外〕嗄這句麼是有的、〔副又追云〕可是有的、〔外〕有
的、〔副連身帶杖橫踵恨竭云〕可是有的、嘖嘖嘖、〔正旦扶副科〕
哎呀婆婆、〔副〕不要說三牲五鼎、〔帶哭揩淚云〕〔鍼線箱〕今日裏
要一口粥湯（俗作無此一字非）郤教誰與伊〔右手在袖內伸出指嘴對外又落右
手雙手執杖三築轉對正旦介〕〔解三酲第七句〕相連累〔各拭淚介〕〔副
懶畫眉第三句〕我孩兒叫你做不得好名儒〔外正旦唱下句〕〔副作低頭
指淚介〕〔外正旦寄生子合至末〕空爭着閒是閒非〔對副攤手介〕〔副將

杖築科〕老賊嗄、〔立起踵至右上右轉身至中雙手舉杖打外
狀〔正旦慌急隨副從中衝出至右上角扯住副杖下截喊勸
介〕婆婆婆婆、〔副〕我（俗作多板兩下非）偏要爭、閒是閒非（須將此底板借于苦嗄之下非）〔右手拏杖左手指外轉
身似奪杖式正旦不放哀勸副如此轉身三次左右手三指
外介〕〔外作摀左轉身立椅背後亦舉杖作打勢介〕你來你來、
〔合唱〕哎呀苦嗄只落得雙垂淚（俗作垂雙淚非）〔正旦勸副坐定與副連背副
作唇抖面青氣竭狀介〕〔外
前腔〔金梧桐首至五〕養子教讀書、指望他身榮貴、黃榜招賢誰不去求
科試、老乞婆、我有箇比方、〔副〕飯都沒得喫、還有什麽屁放、〔正旦
公公說比方嗄、〔副向正旦〕不要睬他、〔外〕譬如范杞良〔東甌令二至四〕

做格理應疊字有紅頭板上文淚字有黑襯板一者換頭徹此兩不致鬆徑令

此寄生子合前曲何故又書爲因做頭帶法其中最難復載曲文可記身段矣

落去之甚妥

差去築城池〔副〕呸呸呸老賊放屁、哎呀我越想越恨嗻、〔正旦〕婆
婆且息怒、〔外〕他的娘親埋怨誰〔副〕老賊、他是奉官差哩、〔外〕合
生合死皆由命嗽去兩板亦可你看前村後巷這些人家、〔副〕不曉得只要還我
兒子、〔外〕鍼線箱第六句少甚麽孫子森森也忍饑〔副〕老賊餓死了你
我纔休、〔執杖作打勢〔正旦當面勸住介〔外作側踵上一步科
哎呀阿婆嗄〔右手拖杖面對右角眼看副仄搖頭左手似甩
似搖式〔解三醒第七句〕你休聒絮咳〔懶畫眉第三句〕畢竟是咱們兩口受孤煩作三口非
悽〔寄生子〔合至末〕〔外正旦向副攤手合唱〕空爭着閒是閒非〔副〕啉、〔出左
手扯外袖〔外作速轉身至左上角打抖〔副作扯拱踵右轉身
至右下角舉杖打介〔正旦見副扯外從中隨出對副跪攔勸

介〔副〕我偏要爭閒是閒非〔合唱〕哎呀苦嗄〔作勸住介〕只落得
雙垂淚〔正旦扶副坐介〔副〕云〕老賊、你便死也消不得我這場嘔
氣、〔外亦坐苦悲云〕蔡邕你這不肖子、回來罷、嗄哎呀、〔哭介〔正
旦〕婆婆、〔連唱〕
前腔〔金梧桐首至五〕孩兒雖暫離、須有日回家裏〔副〕我豈不知只是眼俗作終非
下受餓難過、〔正旦〕奴有些釵梳解當充糧米〔副橫瞧外〕云〕老
賊、我若沒有這箇媳婦會擺佈、可不把我的肝腸也餓斷了、
〔外〕老乞婆、這是年時如此、你苦死埋怨我怎的、〔正旦〕公公婆
婆恁的閒爭呵、敎旁人道媳婦們〔東甌令二至四〕有甚差池〔副〕與你
何干、〔正旦〕致使公婆爭鬭起〔外〕咳、咳、咳、〔正旦〕婆婆、你也不要

前通缺三句

埋怨公公、〔副搖頭介〕吔吔、吔、〔正旦〕他心中愛子指望功名就、〔副〕咳、咳、咳、我那箇要他做甚麽官、〔作對右橫介〕正旦走至左〔邊向外云〕公公、你也休怪婆婆、〔外〕我那箇怪他、〔正旦〕〔鍼線箱第六句〕他眼下無兒、因此埋怨你、〔外苦云〕埋怨不過、我也索死、〔正旦對右上攤手介〕〔解三醒第七句〕難逃避、〔懶畫眉第三句〕兀的不是從天降下這災危、〔雙手指上場隊至右介〕〔寄生子合至末〕〔合唱〕空爭着閒是閒非、只落得雙垂淚、〔各拭淚介〕〔副〕老賊別人家没有兒子的還要螟蛉過繼偏你這老賊、

南呂宮正曲〔劉潑帽〕有兒卻遣他出去、〔將杖四築朝上點頭介〕我如今不管拏飯來喫、〔外〕這等年時、那得來方、〔副〕嗄、你是男子漢

啣、尚然没來方、〔喉中二遏作哭狀〕哎呀教教媳婦怎生區處、〔外作自恨介〕咳咳、〔副〕哎呀媳婦兒嗄、〔正旦亦哭跪副膝前介〕〔副雙手捧緊正旦腮頰科〕可憐悞你芳年紀、〔合〕〔合唱〕一度思量一度裏肝腸碎、〔外〕哎呀、〔立起往上彳亍步走介〕

〔前腔〕我們不久須傾棄、〔轉向副科〕嘆當初是我不是、〔副〕嗄、不是你不是、難道倒是我不是、〔正旦〕哎呀婆婆、不可如此、〔外〕原說是我不是、〔副立起科〕不是你不是、〔似奔外式〕〔正旦〕婆婆請息怒、〔外作挺身竭云〕是我不是、〔副〕强嘴老賊、〔外急狀〕我死、我死、〔正旦勸副坐介〕〔外情竭云〕哎呀且住、孩兒不在眼前、遭這饑荒、也是死、被這老乞婆埋怨不過、也索死、罷、呵呀罷、〔副聽唬

副只一句莫道是非終日有難念畢常務須摩擬貫串必使賢愚讚歎方可演此

急立扯正旦左手指外介〔正旦〕點頭看定外介〔外〕不如我死
無他慮〔作撞死堦前狀〕〔副竭聲科〕阿呀、〔正旦〕急奔前攔介〔副〕左
手急扯住外杖根右轉身對右下用力扯作踵跪踵身急細
步又用力扯踵作扯定轉身看外將杖根卽丢下對右坐介
〔正旦〕扶外坐介〔合前〕同唱介〔外〕哭介〔副〕低頭偷看外作不響
狀介〔正旦〕立左向外唱
【前腔】媳婦便是親兒女勞役事本分當爲但願公婆從此相和
美〔合前〕同唱各拭淚介〔外〕形衰力倦怎支吾、〔正旦〕口食身衣只
問奴、〔副〕莫道是非終日有、〔正旦〕果然不聽自然無、〔各指淚介
〔外〕〔副〕咳咳、咳、〔冷介〕〔正旦〕攤手〔云〕怎生是好、〔作想介〕嗄有了、〔走

至右向〔副〕〔云〕嗄婆婆、看媳婦分上、你與公公相叫一聲罷、〔副
我去叫〔正旦〕嗄、〔副〕吠、吓、〔見外欲叫卽搖頭〕呸、呸、呸、〔朝右介〕〔正
旦〕還是公公與婆婆相叫一聲罷、〔至左云〕〔外〕要我去叫他、〔正
旦〕相叫一聲、〔外〕吠、吠、吠、〔正旦作兩邊調停科〕婆婆大家相叫
一聲嘘、〔副回心狀應科〕吠吠、〔正旦又至左〕公公去嘘、〔外〕〔副〕嗄
〔欲叫纔照面〕呸、〔作搖頭仍轉對左右介〕〔正旦〕呵呀公婆執意
如此媳婦只得跪在此了、〔至中跪介〕請相叫一聲嘘、〔外〕〔副〕媳
婦與你甚麽相干、起來、〔各背云〕看媳婦分上、〔正旦〕公婆叫嘘、
〔外轉身叫科〕阿婆、〔纔出口似不好意思式叫完卽轉朝左介
〔正旦〕婆婆、公公在這裏叫了、婆婆叫嘘、〔副〕吠吠吠、〔轉身向外

此段語白雖三人互相夾襍云之須線索分撥清楚演出使觀者明白其意方妙

此合前曲文因加襯板合配做頭故復載之取其滿塲洪亮不致落塲冷落矣

〔介〕哭、阿老、〔叫完亦即轉朝右介〕〔正旦〕公公、婆婆在這裏叫〔介〕〔外復轉對副嚮叫科〕阿婆、〔正旦向副云〕叫嗻、〔副忙轉向外重抖聲叫科〕老老、〔正旦忙立起朝上福介〕阿呀好了謝天地、〔外帶悲向副云〕你今後再不要埋怨我了、〔副認差賠罪狀悲云〕我如今再再、〔作哽咽住不必云不埋怨你了五字二人各看各大哭介〕〔正旦在旁亦哭介〕〔合前〕〔合〕正是〔唱〕一度思量一度肝腸碎〔互相攙手正旦作扶公婆半轉至下塲角三人面面相覷大哭而下〕